AF498377

Representation
Des Animaux de la Menagerie
de S. A. S. Monseigneur le Prince
EUGENE FRANCOIS
de Savoye et de Piemont
La quelle Menagerie fait une partie du Palais de Sa d' A. S.
Situé dans le fauxbourg de Vienne,
avec plusieurs plantes etrangeres du dit Jardin
Le tout dessiné par le Sieur Salomon Kleiner Ingenieur
Et se trouve à Augsbourg chez les Heritiers de Jeremie Wolff.
MDCCXXXIV.
avec Privilege de Sa Maj. Imperiale et Catholique.

Vorbildung
Aller ausländischen Thiere,
so in dem Thier-Garten Sr Hochfürstl. Durchl.
EUGENII FRANCISCI
Herzogen von Savoyen und Piemont etc.
vor der Stadt Wien aufbehalten werden,
welche daselbst nebst einigen rähresten und frembden Gewächßen
nach dem Leben gezeichnet worden
durch Herrn Salomon Kleiner Chur-Fürstl. Maintz. Hoff Ingenieur
Augspurg in Verlegung Ieremias Wolffs seel. Erben.
MDCCXXXIV
Cum Gratia et Privilegio Sacræ Cæs. Majestatis.

aaaa Poules d'Afrique.
bbb. Singes des plus rares.
c. Pêcheur.
d. Corlieu.
e. Corbeau.
f. Vanneux.

g. Antique de Marbre blanc.
h. Statüe moderne de Bacchus.
i. Fontaine.
k. Coco, avec quoi on teint l'escarlate.
l. Aloe à pointes, venant des Indes.

aaaa. Perlen-Hüner.
bbb. Affen.
c. Meer-Taube.
d. Ungarischer Schnepff.
aa. Frantzösische Schnepffen
ff. Seuvögel.

g. Antique Statue von weisem Marmor.
h. Statue des Bacchi.
i. Fontaine.
k. Cocus-Baum.
l. Pfeffer-Baum, sive Piper Indicum.

Ioh: Elias Ridinger ... Aug. invent. del. Cum Pr. Sa: Cæs: Maj: Mart: El: L. Wolfgang excud: Aug: V. Iacob Gottlieb Thelot Sculps:

aaaa Petit Perroquet.
b. Perroquet a creste.
ccc Grand Perroquet
d Dam Jigri.

ccc Guenons extraordinaires ou
      Guenuches.
f   Roseau des Indes

aaaa Indianische Spatzen oder Sper-
      linge.
h Indianischer Widhopff.
ccc Indianische Raben.

d Cann-Hirsch.
ccc Meer-Raben.
f Indianisch-Röhr. Sive Canna Indica.

Gal. Kleiner Inv. Elise Mez. delin   Cum Pr. Sac. Ces. May. Haered. Jer. Wolffij excud. A.V.   Joh. Balth. Probst Sculps.

aa. Renards des Indes.
b. Chamois.
c. Belier de Walachie.
d. Chat sauvage.
e. Loup des Indes.
f. Grand Perroquet.
g. Belier Tripolitain.
h. Civette.
i. Antique de marbre blanc.
k. Arbre a poix Racine.
l. Sedum Africanum folio et viridi luteo variegato.
m. Tythimaloides Africanum non luteo-virescens Squamato caule Simplex.
aa. Indianische Füchse.
b. Sambe.
c. Wallachisch Schaaf.
d. Wilde Fisch.
e. Indianischer Wolff.
f. Indianischer Kuß.
g. Wilder Wider von Tripoli.
h. Indianische Kuhe.
i. Antique Statue von weißen Marmor.
k. Wunder-Baum oder rother Dammer-live Ricinus.
l. Sedu Africani folio et viridi luteo variegato.
m. Tythimaloides Africani non luteo-virescens Squamato caule Simplici.
Cum Priv. Sac. Cæs. Maj.
Martin der Weiß exc. Aug V.
Joseph Fauber Theil No. 9.

a. Autruche de la Chine ou Grue Botanique.
bb. Oye d'Arabie.
ccc. Grue.
d. Une Cigogne a sans pieds et plumes.
e. L'autre Cigogne, couleur de Caffé. et autres ordinaire.

f. Statüe moderne de marbre blanc.
g. Fontaine.
h. Tithymalus Africanus caule Junceo longissimo florulento.
ii. Petits Perroquets d'un genre tout particulier.

a. Indianischer Kranich.
bb. Arabische Gauße.
ccc. Kranche.
d. Ostindianischer Hund, so um und darüm Fallen geworffen worden.
e. Schwartz Brauner Storch.

f. Moderne Statue von weißen Marmor.
g. Fontaine.
h. Tithymalus Africanus caule Junceo crasso florulento.
ii. Drei unterschiedliche Indianische kleine Vogel.

Jul Eberts Ing El: u: Mey. del.   Cum Pr: Sa: Cæs: May: Haered Ier: Wolffij ere: A. V.   Joh Balth: Probst Sculpsit.

a. Oye Sauvage.
b. Oiseau de Marais ou Poche antier.
c. Onocrotale.
d. Heron des Indes.
cc Canards de Turquie.
f Oye à groffe gorge.
gg Cygnes.

h. Cygogne Tripolitaine.
i. Cigognes ordinaires.
k. Mercure en marbre blanc.
l. Aloë Americana Spinofa foliis et viridi augeotoque ftrictu.
m. ... folio.

a Wilde Ganß.
b Löffel=Schnepff.
c Rinnerfatt oder Kropff=Vogel.
d Indianifcher Ranger.
cc Curetfcho Endion.
f Kropff=Ganß.
gg Schwanen.

h. Meer=Storch von Tripoli.
i. Storchen.
k. Statue des Mercurii.
l. Aloe Americana Spinofa foliis et radi argenteoque fructu.
m. Banana Americana arborescens Equitum folio.

a. Monstre d'Afrique.
b. Choras.
c. Devorand.
d.d. Loups Cerviers.
e. Guenuche.
f. Appolon en marbre blanc.
g. Annanas latifolia serrata.
h. Narcissus Indicus ou Autumnalis
   flore liliaco Sanguineo elegan-
   tissimo.

a. Wald-Teuffel.
b. Choras.
c. Menschen-Fresser.
d.d. Luxen.
e. Meer-Katze.
f. Statue des Apollinis von weiße Marmor.
g. Annanas latifolia serrata.
h. Narcissus Indicus oder Autumnalis
   flore liliaco Sanguineo ele-
   gantissimo.

Sal. Kleiner Inv. Edict. Maj. del.   Cum Pr. Sac. Cæs. Maj.   Haered. Ier. Wolffs exc. A.V.   Jac. Gottlieb Thelot Sculps.

a. Autruches d'Afrique.
b. Casuel.
c. Outarde.
d. Porc-epic.
e. Cigogne des Indes.

f. Corbeau Africain ou Goubi.
g. Palmier.
h. Aloe Africana, caulescens, folius
glaucis undiquaque Spinosis.

aaa. Africanische Straußen.
b. Vogel Casuarius.
c. Vogel Trappe.
d. Stachel-Schwein.
e. Indianischer Storch.

f. Africanischer Rab.
g. Palma humilis vulgo Dactyl-Baum.
h. Aloe Africana caulescens totus glaucis
undiquaque Spinosis vulgo Africanische Aloe.

J. E. Ridinger Mahler Edel Meÿ del.   Cum Pr. Sac Cæs. Maj. Herod. in Wolffsegrund A. V.   Jacob Andr. Friedrich Sculpsit.

aa Dains et Chevreuils les uns blancs;
et les autres mouchetés.
b. Figuier Indien.
c. Aloé d'Amerique.
d. Aloé d'Afrique.
ee. Sphynx en pierre.
aa. Weiße und gesprengte Dam Hirschl und Rehen.
b. Ficus Indica sive Opuntia major, folio longissimus et validissimis armata, vulgo großer Indianischer Feigen-Baum.
c. Aloë Americana major vulgo große Americanische Aloe.
d. Aloe Africana Iucca folus arborefcens flore albo, oder besondere Africanische Aloe.
ee. Sphynx in Stein gehauen.
Nat. Librier Inv. Eques Elect. Maj. del.
Cum Pr. Sac. Ma. Haered Ier. Wolffs exc. A.V.
Ioh. Andr. Eisdach Sculp.

a. Buffle ou Boeuf Sauvage.
b. Bison ou Boeuf ...
c. Lion d'Afrique.
d. Vache Africaine.
e. Gazelle.
f. Cheval extraordinaire.
g. Arbre à Caffé.
h. Aloe d'Afrique.
i. Figuier Indien.
k. Chamaerostrum seu Ficoides Americana spinosa Sphaerica tuberculata latescens flore albo,
fructu rubro pyramidali.
a. Urus ...
d. Africanische ...
g. Caffee, arbor Arabicum Castani folio flore
albo, odoris fructo rubro vulgo Caffee
Baum.
h. Aloe Africana caulescens foliis glaucis caulem
amplexantibus vulgo Africanische Aloe.
i. Ficus Indica Opuntia ...
et angustissimo, vulgo Indianischer Feigen-
Baum.
k. Euphorbioides seu Ficoides Americana spinosa Sphaerica tuberculata latescens flore albo,
fructu rubro pyramitali.

aa. Aigles des Indes.
b. Petit Aigle.
cc. Aigles d'Hongrie.
ddd. Aigles de Sicille.
e. Bihan d'Amerique.
f. Cereus erectus quadri:
angularis costas alborum
instar assurgentibus.
aa. Indianische Adler.
b. Klein Adler
cc. Ungarische Adler
ddd. Sicilianische Adler
e. Bihan Americana arbor f. Cereus erectus quatrian:
flore purpurea, an fruc: gulume costis alborum
etu longe luteo folis instar assurgentibus
maximo.
Johan Elemer Jug Eleer Magna delin.
Joan Printcho Sac. Cæs. M.
Marci Ter Wolffe ex. cud. Aug. Vind.
Jacob Andreas Friedrich sculps.

aa. Brevis me d'Acre.
b. Mouton de Walachie a 4 Cornes.
c. Autre a 5 Cornes.
d. Autre a 4 Cornes, mais different de l'autre.
e. Aloe africana arborescens montana non spinosa folio

Spicatis ob longo et flore rubicundo.
f. Aloe Africana caulescens foliis Spinosis maculis ab utraque parte albicantibus notatis flore luteo rubicundo.
g. Herba Viva sive Mimosa, ces feüilles se flétrissent

aussi tôt qu'on les touche.
h. Gossipium frutescens folijs quinque lobatis, sur les quels croit le Cotton.
i. Ficus Indica obovata Spinis nobis minor.

aa. Asiatische Schaaf.
b. Walachisches Schaaf mit 4 Dörner.
c. dergleichen mit 5 Dörner.
d. ime auch mit 4 Dörner auf ... andere Art.
e. Aloe Africana arborescens montana non Spinosa folio

Spicatis ob longo et flore rubicundo.
f. Aloe Africana caulescens foliis Spinosis maculis ab utraque parte albicantibus notatis flore luteo rubicundo.
g. Herba Viva sive Mimosa, so bald man die Blätter an-

rühret fallen sie zusammen.
h. Gossipium frutescens folijs quinque lobatis, daraus Baum Wolle wächst.
i. Ficus Indica obovata Spinis nobis minor.

Johan Elias ... Inv. Kais. Majest. delin.
Jean Pris ... Sac. Cæs. Maj.
Mart et Ioh Webij ... Aug. Vind.
Jacob Andreas Friderich sculps.

a. Chamois extraordinaire.
b. La Gazelle.
cc. Jeune Jeune.
d. Batard d'Icoqua.
e. Bouc a 4 Cornes.
f. Mouton de Sardaigne.
g. Aloe Africana Gallicaris folio glauco obscure viridi. huic spinae ad latera et in dorso armata.
h. Aloe Africana minor.
i. Aloe Africana caulescens perfoliata statura et non spinosa flore albo odoris.
k. Palme Veritable.
a. Stein Bock.
b. Stein Gaiß.
cc. Junge Brucht.
d. Bastard Steinbock.
e. Bock mit 4 Hörner von Fiume.
f. Sardinische Schaafe.
g. Aloe Africana caulescens folio ... Spinis ad latera et udorso armata.
h. Aloe Africana minor.
i. Aloe Africana caulescens per foliala glauca et non Spino ... flore albo odoris.
k. Palma Datili vulgo dattier Palm-Dattel.